고흐의 명화, 빨강머리 앤의 일기와 함께하는
30일 간의 사유와 성찰, 그리고 필사 여행

# 고흐와 빨강머리 앤

백미정 지음

대경북스

고흐와 빨강머리 앤

**1판 1쇄 인쇄** 2023년 9월 18일
**1판 1쇄 발행** 2023년 9월 22일


**발행인** 김영대
**편집디자인** 임나영
**레이아웃디자인** 유선아
**펴낸 곳** 대경북스
**등록번호** 제 1-1003호
**주소** 서울시 강동구 천중로42길 45(길동 379-15) 2F
**전화** (02)485-1988, 485-2586~87
**팩스** (02)485-1488
**홈페이지** http://www.dkbooks.co.kr
**e-mail** dkbooks@chol.com

**ISBN** 978-89-5676-988-2

이해하다.

깨달아 알다. 또는 잘 알아서 받아들이다.
남의 사정을 잘 헤아려 너그러이 받아들이다.
사리를 분별하여 해석하다.

안녕하세요? 고흐입니다.

'이해하다' 단어의 뜻을 물끄러미 바라봅니다.

저는 저를 얼마나 알았을까요?

저는 상대방을 얼마나 받아들였을까요?

제 그림은 해석할 만한 가치가 있었을까요?

아, 질문 투성이군요.

삶을 애정하며 잘 살아내기 위해 애를 썼던 저의 습관이 '질문하기'입니다.

3

제가 저를 어찌할 수 없을 때,

사람들이 저를 떠났을 때,

최고의 경지에 오른 그림을 그리고 싶은 욕망으로 충만할 때,

저는 저의 그림과 함께 애를 썼습니다.

제가 이해하지 못하는 것들,

세상에서 이해받지 못하는 것들을 수용하고자 그림을 그렸지요.

제 머릿속을 헤집고 다니는 나쁜 존재들과 맞서 싸우기 위해서도

그림을 그렸습니다.

아주 열심히 말입니다.

의지가 대단하다고요?

글쎄요.

그렇게 봐 주셔서 감사합니다만, 의지였는지 집착이었는지

아니면, 이 두 가지 영역을 왔다 갔다 했는지도 모를 일이군요.


의지    어떠한 일을 이루고자 하는 마음.
       선택이나 행위의 결정에 대한 내적이고 개인적인 역량.

집착    어떤 것에 늘 마음이 쏠려 잊지 못하고 매달림.


음, 그게 그것 같네요.

의지와 집착의 대상,

여러분은 무엇인가요?

또는 누구인가요?

이루고 싶고 매달리고 싶은 마음이 드는 이유는 무엇인가요?


초면에 질문이 많았습니다.

제 그림을 감상하실 때,

삶과 사람을 향한 애정을 가지고 봐 주셨음 해서요.

저의 의지와 집착을 그림으로 표현하도록 한 것이 '삶'과 '사람'이었거든요.


이 책은, 제가 그림을 그렸던 순서대로 배치하려고 노력했네요.

앞부분은 무게감이 있는 그림들이 대부분이라,

적절하게 순서를 재배열한 흔적이 보이고요.

다시 보니 부끄럽습니다.

발가벗고 거울 앞에 서서 늘어난 뱃살을 눈으로 확인하고야 말았을 때의

기분이라고나 할까요?

한 점의 그림을 그렸던 비슷한 시기마다 가족과 고갱에게 썼던 편지도 있어요.

제 마음과 그림을 조금 더 이해하는 데,

여러분의 마음을 들여다보시는 데 도움 되길 바랍니다.

'빨강머리 앤'이라는 친구,

저를 닮은 것 같기도 하고 아닌 것 같기도 하네요.

저와 빨강머리 앤의 특성을 이 책과 함께 여러분이 찾아봐 주시겠어요?

사람들이 '사랑스러운 앤'이라고 하던데

그럼, 사랑스러운 앤에게 마이크를 넘깁니다.

저를 '사랑스러운 앤'이라고 소개해 주신 고흐 아저씨, 감사합니다.

여러분의 사랑을 듬뿍 받고 있는 빨강머리 앤, 인사드려요.

이 떨림을 어떻게 표현할 수 있을까요?


제가 했던 말을 글로 읽어 보니,

예쁜 말을 많이 했다는 생각이 들어요.

솔직하고 당당한 건 여전하죠?

제가 했던 말을 읽고 글로 쓰면서

위로와 공감을 받게 되었다 말씀 주신 여러분,

다시금 감사 인사 드려요.

'감사합니다' 말을 세계 모든 언어로 새긴 옷을 만들어 입고 싶어요.

제가 얼마나 여러분께 감사하고 있는지 아시겠죠?


슬프고 속상한 감정도 가감 없이 드러내기를 좋아하다 보니,

희망찬 말만 쓰여 있진 않아요.

슬프면 슬픈 대로 나를 가만히 두는 것도,

좋은 선택이라 생각해요.

유명한 고흐 아저씨와 함께하게 되어 기뻐요.

숨이 가빠질 정도로요.

## 성찰  지나간 일을 되돌아 보거나 살핌.

고흐 아저씨의 그림과 제가 했던 말이 여러분께 쉼이 되고,

성찰의 시간이 되었음 합니다.

오늘과 내일이 있을 수 있는 이유,

과거 덕분이니까요.


고흐 아저씨의 그림과 저의 말을 연결해서 만든 '성찰의 질문' 그리고

스티커를 오늘 완수한 곳에 붙여 보는 것,

완전 제 스타일이랍니다.

## 상상하고 만들고 기뻐하고 즐기기!

제가 원하던 것이 그대로 이루어졌잖아요!

고흐 아저씨와 함께, 빨강머리 앤과 함께 떠나는 30일 간의 여행 동안,

스티커 많이 붙여 주세요.


여러분의 삶이 명화이고,

여러분의 삶이 글입니다.

# 책 활용 방법

**다시는 돌아오지 않는, 소중한 오늘의 날짜를 적는 칸입니다.**

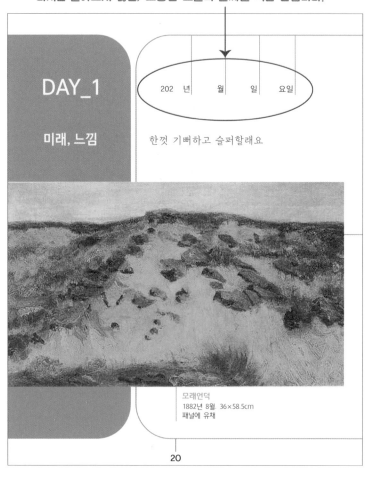

## DAY_1

미래, 느낌

202 년    월    일    요일

한껏 기뻐하고 슬퍼할래요

모래언덕
1882년 8월. 36×58.5cm
패널에 유채

20

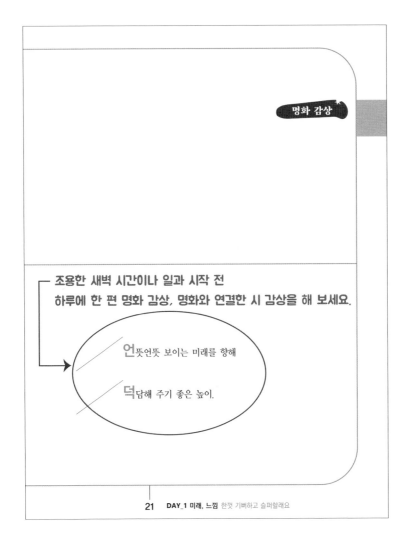

**명화 감상**

┌ 조용한 새벽 시간이나 일과 시작 전
  하루에 한 편 명화 감상, 명화와 연결한 시 감상을 해 보세요.

**언**뜻언뜻 보이는 미래를 향해

**덕**담해 주기 좋은 높이.

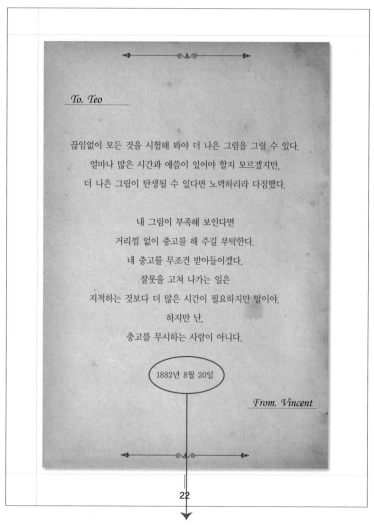

To. Teo

끊임없이 모든 것을 시험해 봐야 더 나은 그림을 그릴 수 있다.
얼마나 많은 시간과 애씀이 있어야 할지 모르겠지만,
더 나은 그림이 탄생될 수 있다면 노력하리라 다짐했다.

내 그림이 부족해 보인다면
거리낌 없이 충고를 해 주길 부탁한다.
네 충고를 무조건 받아들이겠다.
잘못을 고쳐 나가는 일은
지적하는 것보다 더 많은 시간이 필요하지만 말이야.
하지만 난,
충고를 무시하는 사람이 아니다.

1882년 8월 20일

From. Vincent

22

고흐가 한 점의 그림을 그렸던 비슷한 시기마다 가족에게
썼던 편지 내용이에요. 고흐의 그림을 이해하는 데 도움 되길
바랍니다.

왼쪽 페이지에 있는 고흐의 편지에서 필사하고 싶은 단어 또는 문장을
선택해 써 보시거나, 그것을 통해 어떤 생각을 하게 되었는지 써 보세요.
(예 : 끊임없이 모든 것을 시험해 봐야 더 나은 그림을 그릴 수 있다. / 축적된 양이
좋은 질을 탄생시킨다.)

끊임없이 모든 것을 시험해 봐야 더 나은 그림을

그릴 수 있다.

축적된 양이 좋은 질을 탄생시킨다.

**23** DAY_1 미래, 느낌 한껏 기뻐하고 슬퍼할래요

왼쪽 페이지에 있는 고흐의 편지에서 마음에 들어오는
단어 또는 문장을 선택해서 필사하는 공간입니다.
고흐의 편지를 읽고 들었던 생각을 써 봐도 좋겠죠?

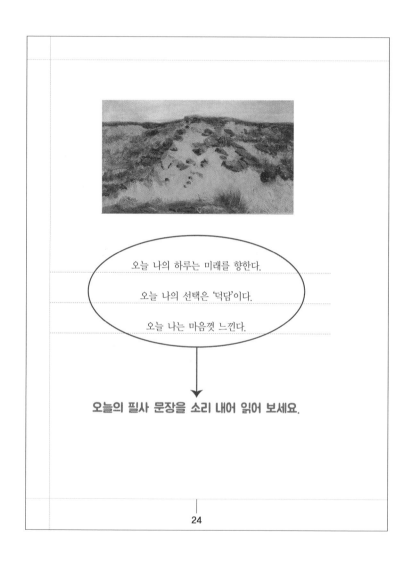

오늘 나의 하루는 미래를 향한다.

오늘 나의 선택은 '덕담'이다.

오늘 나는 마음껏 느낀다.

**오늘의 필사 문장을 소리 내어 읽어 보세요.**

24

한 땀 한 땀 수를 놓는 것처럼 정성스레
필사하는 공간입니다.

↑

오늘 나의 하루는 미래를 향한다.

오늘 나의 선택은 '덕담'이다.

오늘 나는 마음껏 느낀다.

미래 앞으로 올 때.

덕담 남이 잘되기를 비는 말.

느낌 몸의 감각이나 마음으로 깨달아 아는 기운이나 감정.

25 **DAY_1 미래, 느낌** 한껏 기뻐하고 슬퍼할래요

필사 문장에 나오는 단어들의 뜻을 읽어 봅니다.

## Day 1

"한껏 기뻐하고 슬퍼할래요.

이런 날 보고 사람들은 수군대겠죠?

하지만 난, 삶에서 얻을 수 있는 모든 감정을

자유롭게 느끼고 표현할 거예요."

26

**빨강머리 앤이 한 말을 읽으며
공감하고 위로받는 시간 되길 바랍니다.**

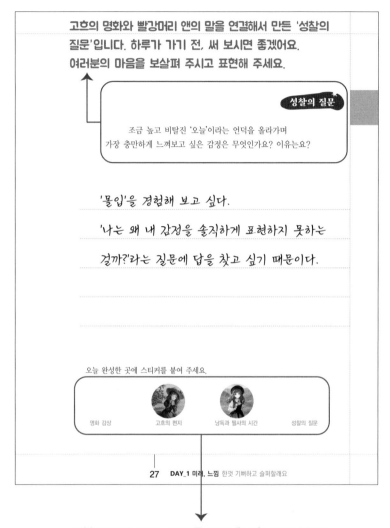

고흐의 명화와 빨강머리 앤의 말을 연결해서 만든 '성찰의
질문'입니다. 하루가 가기 전, 써 보시면 좋겠어요.
여러분의 마음을 보살펴 주시고 표현해 주세요.

성찰의 질문

조금 높고 비탈진 '오늘'이라는 언덕을 올라가며
가장 충만하게 느껴보고 싶은 감정은 무엇인가요? 이유는요?

'몰입'을 경험해 보고 싶다.

'나는 왜 내 감정을 솔직하게 표현하지 못하는

걸까?'라는 질문에 답을 찾고 싶기 때문이다.

오늘 완성한 곳에 스티커를 붙여 주세요.

명화 감상　　　고흐의 편지　　　낭독과 필사의 시간　　　성찰의 질문

예쁜 빨강머리 앤 스티커를 오늘 완성한 곳에 붙이며
성취감을 느껴 보세요.

# CONTENTS

# DAY_1

## 미래, 느낌

202　년　월　일　요일

한껏 기뻐하고 슬퍼할래요

모래언덕
1882년 8월.  36×58.5cm
패널에 유채

언뜻언뜻 보이는 미래를 향해

덕담해 주기 좋은 높이.

끊임없이 모든 것을 시험해 봐야 더 나은 그림을 그릴 수 있다.

얼마나 많은 시간과 애씀이 있어야 할지 모르겠지만,

더 나은 그림이 탄생될 수 있다면 노력하리라 다짐했다.


내 그림이 부족해 보인다면

거리낌 없이 충고를 해 주길 부탁한다.

네 충고를 무조건 받아들이겠다.

잘못을 고쳐 나가는 일은

지적하는 것보다 더 많은 시간이 필요하지만 말이야.

하지만 난,

충고를 무시하는 사람이 아니다.


1882년 8월 20일


From. Vincent

왼쪽 페이지에 있는 고흐의 편지에서 필사하고 싶은 단어 또는 문장을
선택해 써 보시거나, 그것을 통해 어떤 생각을 하게 되었는지 써 보세요.
(예 : 끊임없이 모든 것을 시험해 봐야 더 나은 그림을 그릴 수 있다. / 축적된 양이
좋은 질을 탄생시킨다.)

오늘 나의 하루는 미래를 향한다.

오늘 나의 선택은 '덕담'이다.

오늘 나는 마음껏 느낀다.

**낭독과 필사의 시간**

---

---

---

미래 앞으로 올 때.

덕담 남이 잘되기를 비는 말.

느낌 몸의 감각이나 마음으로 깨달아 아는 기운이나 감정.

# Day 1

"한껏 기뻐하고 슬퍼할래요.

이런 날 보고 사람들은 수군대겠죠?

하지만 난, 삶에서 얻을 수 있는 모든 감정을

자유롭게 느끼고 표현할 거예요."

성찰의 질문

조금 높고 비탈진 '오늘'이라는 언덕을 올라가며
가장 충만하게 느껴보고 싶은 감정은 무엇인가요? 이유는요?

오늘 완성한 곳에 스티커를 붙여 주세요.

명화 감상          고흐의 편지          낭독과 필사의 시간          성찰의 질문

# DAY_2

## 질문, 깨달음

### 어른이 된다는 건

슬픔
1882년. 44.5×27cm
연필 스케치

**여**린 인생의 구간,

**인**고 속에서도 낭만적인 느낌표를 찾아내는 존재.

*To. Teo*

인물화나 풍경화에서 내가 표현하고 싶은 건,

감상적이고 우울한 것이 아니다.

뿌리 깊은 고뇌다.

내 그림을 본 사람들이

이 화가의 고뇌는 깊이 있다고 말할 정도의 경지에 이르고 싶다.

내 그림의 거친 특성에도 불구하고

아니, 거친 특성 때문에

더 절절한 감정을 전달할 수 있는 건지도 모르겠다.

자만하는 것처럼 들릴지도 모르지만,

나는 나의 모든 것을 바쳐서 내가 원하는 경지에 이르고 싶다.


1882년 7월 21일


*From. Vincent*

왼쪽 페이지에 있는 고흐의 편지에서 필사하고 싶은 단어 또는 문장을 선택해 써 보시거나, 그것을 통해 어떤 생각을 하게 되었는지 써 보세요. (예 : 나는 나의 모든 것을 바쳐서 내가 원하는 경지에 이르고 싶다. / 나는 나의 모든 것을 바쳐서 내 꿈을 이룬다.)

오늘 나의 하루는 질문과 함께한다.

오늘 나의 선택은 진화한다.

오늘 나는 깨닫는다.

질문 알고자 하는 바를 얻기 위해 물음.

진화 일이나 사물 따위가 점점 발달하여 감.

깨달음 생각하고 궁리하다 알게 되는 것.

# Day 2

"왜일까요? 이젠 과장된 표현을 하고 싶지 않아요.

좀 씁쓸한 느낌이 들긴 해요.

어른이 된다는 건 재미있기도 하겠지만,

제가 생각했던 것과 조금은 다른 듯해요."

어른이 된다는 건, 낭만에 가까울까요? 고뇌에 가까울까요?
그렇게 생각하는 이유는요?

오늘 완성한 곳에 스티커를 붙여 주세요.

명화 감상          고흐의 편지          낭독과 필사의 시간          성찰의 질문

# DAY_3

## 넓음, 기다림

202 년 월 일 요일

기다리는 동안 느꼈던 기쁨은

**폭풍우 치는 스헤베닝겐 해변**
1882년 8월. 34.5×51cm
마분지와 종이에 유채

**해**결되지 않는 삶의 철썩임,

**변**화를 선택하려는 희망에 또 한 번 손 흔들어 주며
미지의 바다로 간다.

거센 폭풍이 불어오기 직전,

스헤베닝겐의 풍경은 정말 아름다웠다.

폭풍이 몰아치는 동안에는 파도를 제대로 보기가 어려웠지.

몰려오는 파도가 서로 부딪치며 물보라를 일으켜.

그래서 흐릿한 아지랑이가 생겨나기도 해.

거센 폭풍우였는데, 소리를 별로 내지 않아 인상적이었어.

때를 한껏 베끼어 낸 비누거품 같은 색이 일렁이던 바다 끝,

작은 고기잡이배 하나가 있었다.

그리고 아주 작고 흐릿하게 인물 몇몇이 보였다.


그림 속에는 무한한 뭔가가 있어.

명확하게 설명할 수는 없지만

자기감정을 그림으로 표현한다는 건 정말 매혹적인 일이지.


1882년 8월

From. Vincent

왼쪽 페이지에 있는 고흐의 편지에서 필사하고 싶은 단어 또는 문장을 선택해 써 보시거나, 그것을 통해 어떤 생각을 하게 되었는지 써 보세요.
(예 : 자기감정을 그림으로 표현한다는 건 정말 매혹적인 일이지. / 나는 내 감정을 얼마나 솔직하고 예의바르게 표현하고 있을까?)

오늘 나의 하루는 깊고 넓다.

오늘 나의 선택은 '기다림'이다.

오늘 나는 무한하다.

------

------

------

**깊다** 생각이 듬쑥하고 신중하다.

**넓다** 마음 쓰는 것이 크고 너그럽다.

**기다리다** 어떤 사람이나 때가 오기를 바라다.

**무한하다** 수(數), 양(量), 공간, 시간 따위에 제한이나 한계가 없다.

# Day 3

"저는 말이죠, 무언가를 기다리는 시간이

즐거움의 반을 차지한다고 생각해요.

즐거운 일이 일어나지 않더라도,

기다리는 동안 느꼈던 기쁨은

온전히 나만의 것이니까요."

'바닷가에서의 기다림'과 '기다림의 즐거움' 중에서
어떤 것이 더 마음에 들어오나요? 이유는요?

오늘 완성한 곳에 스티커를 붙여 주세요.

명화 감상　　　　　　고흐의 편지　　　　　낭독과 필사의 시간　　　　성찰의 질문

# DAY_4

## 희망, 슬픔

기억이라도 간직할 수 있게 말이죠

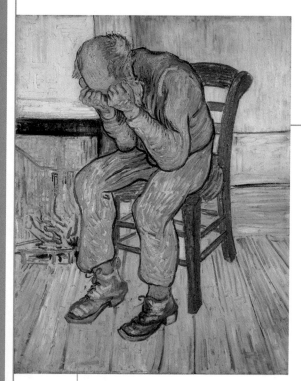

**슬픔에 찬 노인**
1882년. 38.9×29.2cm
석판화

**침**묵과 함께 하며

**투**과하는 내 감정에 앉아 봐도 괜찮아.

가끔씩 참을 수 없는 고통을 느끼고 있다.

하지만 내 안에는 평온, 순수한 조화, 음악이 존재하고 있지.

나는 이것을 가장 가난한 초가, 가장 지저분한 구석에서 발견하곤 해.

저항할 수 없는 힘에 이끌려 내 마음은 그런 분위기에 도달한다.

테오야,

나에게 희망이 전혀 없는 건 아니다.

몇 해 안으로, 어쩌면 지금부터라도

너의 수많은 희생에 걸맞은 작품을 보게 될 것이다.

1882년 7월 21일

From. Vincent

왼쪽 페이지에 있는 고흐의 편지에서 필사하고 싶은 단어 또는 문장을
선택해 써 보시거나, 그것을 통해 어떤 생각을 하게 되었는지 써 보세요.
(예 : 내 안에는 평온, 순수한 조화, 음악이 존재하고 있지. / 내 안에는 성찰, 존중이
존재하고 있는 것 같다.)

오늘 나의 하루는 희망적이다.

오늘 나의 선택은 '기도'이다.

오늘 나는 감정에 머무른다.

---

---

---

**희망** 앞으로 잘될 수 있는 가능성.

**기도** 인간보다 능력이 뛰어나다고 생각하는 어떠한 절대적 존재에게 빎.
또는 그런 의식.

**머무르다** 도중에 멈추거나 일시적으로 어떤 곳에 묵다.

# Day 4

"제가 태어난 지 3개월이 되었을 무렵,

엄마가 열병으로 돌아가셨어요.

조금만 더 살아 계셨다면 얼마나 좋았을까 싶어요.

'엄마'라고 불렀던 기억이라도 간직할 수 있게 말이죠.

'엄마'라고 부를 수 있다면 기분이 좋을 것 같아요. 많이요."

성찰의 질문

슬픔은 기쁨과 마찬가지로 우리 인생을 구성하고 있는
여러 감정들 중 하나예요.
어느 날, 슬픔이 찾아온다면 당신은 슬픔에게 맨 처음으로
어떤 말을 건네줄 건가요?

오늘 완성한 곳에 스티커를 붙여 주세요.

명화 감상          고흐의 편지          낭독과 필사의 시간          성찰의 질문

# DAY_5

## 알아차림, 받아들임

슬픈 채로 있는 게 나을 것 같아

숄을 두르고 지팡이를 짚고 걸어가는 노파
1882년. 57.5×31.9cm
연필, 잉크, 수채

**노**골적인 인생이 주는

**파**동을 온 몸과 마음으로 받아낸 존재.

테오야,

터널이 끝나는 곳에서 희미한 빛이라도 발견할 수 있다면

얼마나 기쁠까.

요즘엔 그 빛이 조금씩 보이는 것 같다.

살아 있는 존재를 그린다는 건 매우 대단한 일이다.

힘들긴 하지만,

대단한 일이라는 것은 분명하다.

1882년 3월 3일

왼쪽 페이지에 있는 고흐의 편지에서 필사하고 싶은 단어 또는 문장을
선택해 써 보시거나, 그것을 통해 어떤 생각을 하게 되었는지 써 보세요.
(예 : 힘들긴 하지만, 대단한 일이라는 것은 분명하다. / 힘들긴 하지만, 나는 해낸다!)

오늘 나의 하루는 있는 그대로 흘러간다.

오늘 나의 선택은 '알아차림'이다.

오늘 나는 모든 것을 받아들인다.

**흘러가다**
1. 액체 따위가 높은 곳에서 낮은 곳으로 흐르면서 나아가다.
2. 공중이나 물 위에 떠서 미끄러지듯이 나아가다.

**알아차리다** 알고 정신을 차려 깨닫다.

**받아들이다**
1. 다른 문화, 문물을 받아서 자기 것으로 되게 하다.
2. 다른 사람의 요구, 성의, 말 따위를 들어주다.

# Day 5

"기운이 날 것 같지 않아.

나게 하고 싶지도 않고.

슬픈 채로 있는 게 나을 것 같아."

있는 그대로 받아주고 싶은, 과거 나의 슬픔을 소환해 볼까요?
글로 써도 괜찮습니다. 아무 일도 일어나지 않아요.

---

---

---

---

---

오늘 완성한 곳에 스티커를 붙여 주세요.

명화 감상              고흐의 편지              낭독과 필사의 시간              성찰의 질문

# DAY_6

감탄, 흥미진진

202 년 월 일 요일

흥미진진한 세상이에요

꽃밭
1883년. 48×65cm
유화

**꽃**망울들이

**밭**은 숨을 낸 후 "아!" 감탄한 흔적들.

밭은 숨 : 가쁘고 급하게 몰아쉬는 숨.

To. Teo

'극적 효과'란,

자연의 한 구석 그리고 자연과 함께하는 인간을

가장 잘 이해하게 해주는 요소다.


1883년 7월 11일


From. Vincent

왼쪽 페이지에 있는 고흐의 편지에서 필사하고 싶은 단어 또는 문장을
선택해 써 보시거나, 그것을 통해 어떤 생각을 하게 되었는지 써 보세요.
(예 : 극적 효과 / 극적 효과란, 평범한 하루를 잘 살아갈 때 만들 수 있는 것이다.)

오늘 나의 하루는 꽃밭을 닮는다.

오늘 나의 선택은 '감탄'이다.

오늘 나는 흥미진진하다.

- - - - - - - - - - - - - - - - - - - - - - - - - - - - - - - - - - - - - - - - - - - - -

- - - - - - - - - - - - - - - - - - - - - - - - - - - - - - - - - - - - - - - - - - - - -

- - - - - - - - - - - - - - - - - - - - - - - - - - - - - - - - - - - - - - - - - - - - -

**꽃밭** 꽃을 심어 가꾼 밭. 꽃이 많이 피어 있는 곳.

**감탄** 마음속 깊이 느끼어 탄복함.

**흥미진진하다** 넘쳐흐를 정도로 흥미가 매우 많다.

# Day 6

"흥미진진한 세상이에요.

그래서 슬픔에 오래 잠겨 있는 건 힘든 일인 것 같아요."

당신이 가꾼, 당신만의 흥미진진한 세상이 있다고 상상해 보세요.
그곳에서 감탄사를 만들어 주는 일 3가지는 무엇일까요?

오늘 완성한 곳에 스티커를 붙여 주세요.

명화 감상          고흐의 편지          낭독과 필사의 시간          성찰의 질문

# DAY_7

## 성실, 가치

진주알 하나하나가 한 줄에 꿰어지듯

토탄을 줍는 두 명의 농촌 여인
1883년 10월. 27.5×36.5cm
캔버스에 유채

**농**담처럼 여겨질 만큼 힘든 밥벌이 모양,

**촌**음에 허리를 펴다.

촌음 : 매우 짧은 동안의 시간.

내 경험상,

가정생활의 즐거움과 슬픔을 그리고 싶다.

그 생활을 맛보고 싶다.

암스테르담을 떠날 때는

그토록 순수하고 강했던 내 사랑이 죽어버린 것 같은 느낌이 들었다.

그러나 죽음을 맞이한 후에는

다시 일어나게 된다.

나는 다시 일어날 것이다.

1883년 10월~11월

*From. Vincent*

왼쪽 페이지에 있는 고흐의 편지에서 필사하고 싶은 단어 또는 문장을
선택해 써 보시거나, 그것을 통해 어떤 생각을 하게 되었는지 써 보세요.
(예 : 나는 다시 일어날 것이다. / 나는 늘, 언제나, 보란 듯이 일어날 것이다.)

오늘 나의 하루는 알차다.

오늘 나의 선택은 '성실'이다.

오늘 나는 진주 같다.

**알차다** 속이 꽉 차 있거나 내용이 아주 실속이 있다.

**성실** 정성스럽고 참됨.

**진주** 진주조개·대합·전복 따위의 조가비나 살 속에 생기는 딱딱한 덩어리.
우아하고 아름다운 빛깔의 광택이 나서 장신구로 쓴다.

# Day 7

"행복한 하루하루란,

멋진 일이나 놀라운 일이 일어나는 게 아니에요.

진주알 하나하나가 한 줄에 꿰어지듯,

소박한 기쁨들이 조용히 이어지는 것이라고 생각해요."

성찰의 질문

내 마음의 많은 진주알(가치들)을 모아주는
튼튼하고 긴 줄의 이름(가장 큰 가치 또는 콘텐츠)은 무엇인가요?
이유는요?

오늘 완성한 곳에 스티커를 붙여 주세요.

명화 감상          고흐의 편지          낭독과 필사의 시간          성찰의 질문

# DAY_8

## 선물, 사람

202 년 월 일 요일

더 나은 사람이 되었다는 증거잖아요

누에넨 근처 콜렌의 물레방아
1884년. 57.5×78cm
캔버스에 유채

근사한 내면이 가까운 곳을 돌고 돌며

처음 본 이에게 웃음을 선물해 주다.

To. Teo

우리의 삶은 캔버스와 같이 무한한 여백이다.

삶은 우리를 낙심케 하며

가슴을 찢어놓을 듯한 여백을 다시 가져오기도 한다.

그러나

삶이 아무리 공허하더라도,

삶이 아무리 보잘것없어 보이더라도,

삶이 아무리 무의미해 보이더라도,

확신과 열정을 가진 사람은 진리를 알고 있다.

그러므로 쉽게 패배하지는 않을 것이다.


1884년 10월


From. Vincent

왼쪽 페이지에 있는 고흐의 편지에서 필사하고 싶은 단어 또는 문장을
선택해 써 보시거나, 그것을 통해 어떤 생각을 하게 되었는지 써 보세요.
(예 : 확신과 열정을 가진 사람은 진리를 알고 있다. / 나는 확신과 열정을 가진 사람이다.)

오늘 나의 하루는 선물 같다.

오늘 나의 선택은 '행복'이다.

오늘 나는 더 나은 사람이 된다.

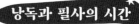

낭독과 필사의 시간

**선물** 남에게 어떤 물건 따위를 선사함. 또는 그 물건.

**행복** 생활에서 충분한 만족과 기쁨을 느끼어 흐뭇함.

**사람**
1. 일정한 자격이나 품격 등을 갖춘 이.
2. 생각을 하고 언어를 사용하며, 도구를 만들어 쓰고 사회를 이루어 사는 동물.

# Day 8

"그 애가 상을 받다니! 정말 기뻤어요!

제가 기뻐했다는 사실이 또 기뻤고요.

조시의 성공을 기뻐했다는 건

제가 더 나은 사람이 되었다는 증거잖아요."

성찰의 질문

내 주변에 있는 한 사람을 위해 선물을 준비한다면,
누구에게 어떤 선물을 건네고 싶나요?

오늘 완성한 곳에 스티커를 붙여 주세요.

명화 감상          고흐의 편지          낭독과 필사의 시간          성찰의 질문

# DAY_9

## 해냄, 멋지다

보랏빛 꿈같지 않니?

해질 무렵의 풍경
1885년 4월. 27.5×41.5cm
유화

해냈다.

To. Teo

몇 년 전 르낭에서 '대중의 인기 문제'를 주제로 한 글을 읽은 적이 있다.

지금도 그 내용을 기억하고 있고 찬성하는 바이다.

즉, 유용하고 훌륭한 일을 해내려는 사람은

대중의 허락이나 평가를 기대하거나 추구해서는 안 되며,

열정적인 가슴을 가진 소수 사람들의 동참만을 기대해야 한다는 것이다.

불가능한 일인지도 모르지만.

1885년 4월 13일

From. Vincent

**고흐의 편지**

왼쪽 페이지에 있는 고흐의 편지에서 필사하고 싶은 단어 또는 문장을
선택해 써 보시거나, 그것을 통해 어떤 생각을 하게 되었는지 써 보세요.
(예 : 유용하고 훌륭한 일을 해내려는 사람은 대중의 허락이나 평가를 기대하거나
 추구해서는 안 된다. / 훌륭한 일을 해내는 사람은 자신만의 기준을 가지고 있다.)

오늘 나의 하루는 멋지다.

오늘 나의 선택은 '더'이다.

오늘 나는 해낸다.

**멋지다** 썩 훌륭하다.

**더** 계속하여. 또는 그 위에 보태어.

**해내다** 맡은 일이나 닥친 일을 능히 처리하다.

# Day 9

"오늘 저녁은 꼭 보랏빛 꿈같지 않니?

살아 있는 게 기뻐.

난 아침이 최고라고 늘 생각했거든.

그런데 저녁이 되면 또 저녁이 더 멋진 것 같아."

오늘 나의 저녁에 어울리는 색깔은 무엇인가요? 이유는요?

오늘 완성한 곳에 스티커를 붙여 주세요.

명화 감상          고흐의 편지          낭독과 필사의 시간          성찰의 질문

# DAY_10

## 정직, 오늘

202  년    월    일    요일

'오늘'은 다시 오지 않잖아

감자 먹는 사람들
1885년 4월. 81.5×114.5cm
암스테르담, 반 고흐 미술관.

감사한 내 손과 네 손으로

자, 이제 거칠고 위엄 있고 정직한 생을 먹어 보자.

## To. Teo

겨울동안 이 그림을 위해 머리와 손 그리는 연습을 했다.

「감자 먹는 사람들」 그림을 제대로 보고 싶다면, 내 말을 잊지 말아라.

그림이 더 잘 살아나기 위해서는 황금빛 색조와 함께 배치해야 한다.

흐리거나 검은 배경에 배치한다면 대리석 같은 질감이 죽어버릴 것이다.

황금색은 푸른색으로 칠한 그림자를 돋보이게 해준다.

나는 램프 불빛 아래에서 감자를 먹고 있는 사람들이

접시를 향해 내밀고 있는 손,

자신을 닮은 그 손으로 땅을 팠다는 점을 명확히 보여주려고 애썼다.

그 손은,

손으로 하는 노동과 정직하게 노력해서 얻은 음식을 암시하고 있다.

이 그림을 통해

문명화된 사람들의 것과는 다른 생활방식을 보여주고 싶었다.

사람들이 그저 이 그림에 감탄하면서 인정해 주는 것이

내가 궁극적으로 바라는 일이다.

1885년 4월 30일

*From. Vincent*

94

**고흐의 편지**

왼쪽 페이지에 있는 고흐의 편지에서 필사하고 싶은 단어 또는 문장을
선택해 써 보시거나, 그것을 통해 어떤 생각을 하게 되었는지 써 보세요.
(예 : 그 손은, 손으로 하는 노동과 정직하게 노력해서 얻은 음식을 암시하고 있다. /
정직한 노력, 성공의 비결이다.)

오늘 나의 하루는 정직하다.

오늘 나의 선택은 위엄이 있다.

오늘 나는 떳떳하다.

낭독과 필사의 시간

정직 마음에 거짓이나 꾸밈이 없이 바르고 곧음.

위엄 존경할 만한 위세가 있어 점잖고 엄숙함. 또는 그런 태도나 기세.

떳떳하다 굽힐 것이 없이 당당하다.

# Day 10

"아직 태어나지 않은 사람들이 불쌍하게 느껴져.

오늘의 행복을 누리지 못하니까 말이야.

이 세상에 태어나면 좋은 날을 맞이하겠지만,

'오늘'은 다시 오지 않잖아."

당신의 손등에 '오늘'이라는 글자가 쓰여 있어요.
당신은 장난기가 발동되어 글자 옆에 그림을 그리고 싶어졌어요.
'오늘'과 어울리는 그림으로 무엇을 그릴 것 같나요?

# DAY_11

## 최고, 괜찮다

지금은 천사와 바꾸자고 해도 싫어요

삽질하는 여인
1885년 7월. 42×32cm
캔버스에 유채

**삽**삽한 땅을 파며

**질**겁할 인생 한 덩이도 떠낼 수 있는 힘센 우리.

삽삽하다 : 매끄럽지 않고 껄껄하다.

"밭갈이 하는 농부에게는 그만의 개성이 있어야 한다."고 말하기보다는
"농부는 농부다워야 하고, 밭가는 사람은 밭가는 사람다워야 한다."고
말하는 게 낫지 않을까?
농부의 동작을 보여주는 것,
현대 인물화가 해야 하는 일이다.
그것이야말로 현대 예술의 진수이다.
그리스에서도, 르네상스 시기에도, 옛 네덜란드 화파도 하지 않은 것이다.

1885년 7월

왼쪽 페이지에 있는 고흐의 편지에서 필사하고 싶은 단어 또는 문장을
선택해 써 보시거나, 그것을 통해 어떤 생각을 하게 되었는지 써 보세요.
(예 : 농부는 농부다워야 한다. / 나답게 살자.)

오늘 나의 하루는 괜찮다.

오늘 나의 선택은 최고다.

오늘 나는 활짝 웃는다.

**괜찮다**
   1. 별로 나쁘지 않고 보통 이상이다.
   2. 탈이나 문제, 걱정이 되거나 꺼릴 것이 없다.

**최고**
   1. 가장 높음.
   2. 으뜸인 것. 또는 으뜸이 될 만한 것.

**웃음** 웃는 일. 또는 그런 소리나 표정.

# Day 11

"5분 전만 해도 태어나지 않기를 바라고 있었어요.

너무 비참했거든요.

하지만 지금은 천사와 바꾸자고 해도 싫어요."

성찰의 질문

힘들어 어쩔 줄 몰라 했던 일도 시간이 지나고 나면
'그땐 그랬지.'라며 웃을 때가 있지요.
어떤 일이 그러한가요?

-------------------------------------------------

-------------------------------------------------

-------------------------------------------------

-------------------------------------------------

오늘 완성한 곳에 스티커를 붙여 주세요.

명화 감상          고흐의 편지          낭독과 필사의 시간          성찰의 질문

**DAY_11 최고, 괜찮다** 지금은 천사와 바꾸자고 해도 싫어요

# DAY_12

## 배움, 집중

상상할 거리가 정말 많네요!

가을 풍경
1885년. 64.8×86.4cm
유화

**풍**덩, 자연에 빠져

**경**건함을 배우다.

사람들의 문제가 무엇인지 아느냐.

기술을 형식의 문제로만 생각한다는 것이다.

부적절한 용어, 공허한 용어를 마음대로 말하지.

내버려두자.

진정한 화가는 양심을 따른다.

화가의 영혼과 지성이 붓을 위해 존재하는 게 아니라,

붓이 화가의 영혼과 지성을 위해 존재한다.

진정한 화가는 캔버스를 두려워하지 않는다.

캔버스가 그를 두려워한다.


1885년


From. Vincent

# 고흐의 편지

왼쪽 페이지에 있는 고흐의 편지에서 필사하고 싶은 단어 또는 문장을
선택해 써 보시거나, 그것을 통해 어떤 생각을 하게 되었는지 써 보세요.
(예 : 진정한 화가는 양심을 따른다. / 양심의 소리에 귀 기울이자.)

오늘 나의 하루는 경건하다.

오늘 나의 선택은 '배움'이다.

오늘 나는 집중한다.

---

---

---

**경건하다**
　1. 굳세고 튼튼하다.
　2. 공경하며 삼가고 엄숙하다.

**배움**
　1. 새로운 지식이나 교양을 얻다.
　2. 새로운 기술을 익히다.
　3. 남의 행동, 태도를 본받아 따르다.

**집중**
　1. 한 가지 일에 모든 힘을 쏟아 부음.
　2. 한곳을 중심으로 하여 모임.

# Day 12

"우와! 상상할 거리가 정말 많은 바람이네요!

그래서 더 이상 이야기를 못 하겠어요."

성찰의 질문

하늘, 나무, 꽃, 풀, 강 ….
내가 집중하고 싶은 자연 한 가지를 선택해 볼까요?
선택한 자연을 1분 동안 아무 말 없이 머릿속으로 떠올려 보세요.
내 마음에 어떤 배움의 단어가 새겨졌나요?

오늘 완성한 곳에 스티커를 붙여 주세요.

명화 감상          고흐의 편지          낭독과 필사의 시간          성찰의 질문

# DAY_13

## 섭리, 걷다

천천히 걸어 나갔어요

**낡은 신발 한 켤레**
1886년. 38×46cm
캔버스에 유채

116

**신**의 섭리에 따라 열심히 잘 살아 왔네.

**발**자취를 보니 잘 걸어 왔네.

나에게 부족한 것은, 훈련이다.

지금 나는 정성을 들여서 채색하고 있다.

충분한 훈련을 못했어.

그래서 그림 속에서 생명을 끌어내기 위해 오래 망설이게 되었다.

이건, 시간과 연습의 문제다.

더 짧은 시간 안에 정확한 붓질을 할 수 있을 때까지

계속 훈련해야겠지.

1886년

From. Vincent

왼쪽 페이지에 있는 고흐의 편지에서 필사하고 싶은 단어 또는 문장을
선택해 써 보시거나, 그것을 통해 어떤 생각을 하게 되었는지 써 보세요.
(예 : 계속 훈련해야겠지. / 훈련은 배신하지 않는다.)

오늘 나의 하루는 섭리를 따른다.

오늘 나의 선택은 '잘'이다.

오늘 나는 걷는다.

-----

-----

-----

**섭리** 자연계를 지배하고 있는 원리와 법칙.

**잘**
 1. 옳고 바르게.
 2. 좋고 훌륭하게.
 3. 익숙하고 능란하게.

**걷다** 어떠한 방향으로 나아가다.

# Day 13

"꼬불꼬불 좁은 길을 천천히 걸어 나갔어요.

지평선을 향해 힘차게 달리던 시절보다,

주변의 아름다움과 인정을 경험하는 일이 많아진 것 같아요."

오늘 저녁, 10분만 산책해 보거나
내가 자주 신는 신발을 1분간 관찰해 볼까요?
어떤 생각이 드나요?

---

---

---

---

오늘 완성한 곳에 스티커를 붙여 주세요.

명화 감상          고흐의 편지          낭독과 필사의 시간          성찰의 질문

# DAY_14

## 재미, 건너다

여러 명의 앤이 살고 있는 것 같아

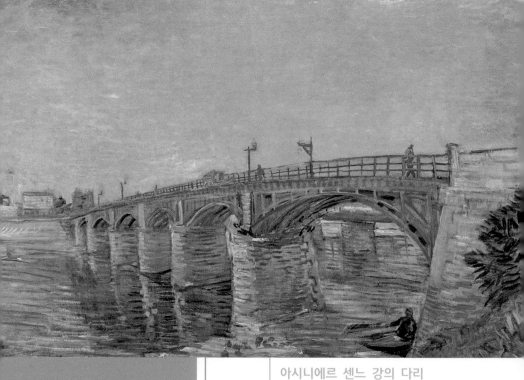

**아시니에르 센느 강의 다리**
1887년. 73×53cm
캔버스에 유채

124

**다**녀 가다.

**리**아스식 해안을 닮은 인생들이….

리아스식 해안 : 톱날 모양으로 복잡하게 들쭉날쭉한 해안.

즐거움과 재미를 많이 느껴라.

그리고 사람들이 예술에서 요구하는 바는

강렬한 색채, 강한 힘을 가진 어떤 것임을 명심해라.

너의 건강을 돌보고 힘을 기르면서 강하게 살아가는 것,

그것이 최고의 공부다.


1887년 여름


*From. Vincent*

왼쪽 페이지에 있는 고흐의 편지에서 필사하고 싶은 단어 또는 문장을
선택해 써 보시거나, 그것을 통해 어떤 생각을 하게 되었는지 써 보세요.
(예 : 너의 건강을 돌보고 힘을 기르면서 강하게 살아가는 것, 그것이 최고의 공부다. /
좋은 사람들과 함께하며 그들의 경험담을 통해 나만의 기준을 만들어 가는 것,
그것이 최고의 공부다.)

오늘 나의 하루는 무사하다.

오늘 나의 선택은 '재미'다.

오늘 나는 누군가의 다리가 된다.

**무사하다** 아무 탈 없이 편안하다.

**재미** 아기자기하게 즐거운 기분이나 느낌.
　　　좋은 성과나 보람.

**다리**
　1. 물을 건너거나 또는 한편의 높은 곳에서 다른 편의 높은 곳으로 건너다닐 수
　　　있도록 만든 시설물.
　2. 둘 사이의 관계를 이어 주는 사람이나 사물을 비유적으로 이르는 말.
　3. 중간에 거쳐야 할 단계나 과정.

# Day 14

"마음속에 여러 명의 앤이 살고 있는 것 같아.

가끔 생각해.

'난 왜 이렇게 골치 아픈 사람이지?'라고 말이야.

한결같은 모습이라면 사람들이 날 더 편하게 대할 수 있을 텐데.

하지만 재미는 지금의 절반 정도밖에 되지 않을 거야."

성찰의 질문

'오늘'이라는 다리를 잘 건너오신 그대!
어떤 모양으로 건넜을까요?
(두리번, 폴짝, 살금, 어슬렁, 뒤뚱뒤뚱, 성큼성큼 등)
이유는요?

오늘 완성한 곳에 스티커를 붙여 주세요.

명화 감상          고흐의 편지          낭독과 필사의 시간          성찰의 질문

# DAY_15

## 쉼, 열정

모든 것을 다 알고 있다면

**화병의 해바라기 열두 송이**
1888년 8월. 91×72cm
캔버스에 유채

**해**거름의 쉼표를 칭송하자.

**바**스락, 소리를 흉내 내려 했던 고개 떨군 꽃잎을 수용해 주자.

**라**디오 볼륨을 올렸다 내렸다 하는 미완성 손놀림의 방향을

**기**어이 바꾸어 순수하고 열정적인 오늘의 노을을 향해 가리키자.

해거름 : 해가 서쪽으로 넘어가는 일. 또는 그런 때.

내가 커다란 해바라기를 그리고 있다는 사실에 놀라지 않겠지.

30호 캔버스, 노란색 화병 속 열두 송이의 해바라기가 꽂혀져 있다.

환한 바탕에, 가장 멋진 그림이 될 거라고 기대하고 있다.

여기서 끝내지 않을지도 모른다.

고갱과 함께 우리 작업실에서 살게 된다고 생각하니

작업실을 장식하고 싶어졌거든.

커다란 해바라기로만 말이다.

네 가게 옆에 있는 레스토랑이

아름다운 꽃으로 장식되어 있다는 걸 너도 알겠지.

나는 그곳 창문에 있던 커다란 해바라기를 기억하고 있었다.

매일 아침 해가 뜨자마자 그림을 그리고 있지.

꽃은 빨리 시들어버리는데다, 짧은 시간에 전체를 그려야 하기 때문이다.

점점 더 단순한 기술을 시도하고 있다.

인상주의적인 방법은 아닐 것이다.

모든 사람이 분명하게 알아볼 수 있도록 엄밀하게 그릴 거다.

1888년 8월

From. Vincent

왼쪽 페이지에 있는 고흐의 편지에서 필사하고 싶은 단어 또는 문장을
선택해 써 보시거나, 그것을 통해 어떤 생각을 하게 되었는지 써 보세요.
(예 : 모든 사람이 분명하게 알아볼 수 있도록 엄밀하게 그릴 거다. / 모든 사람이 나의
사명을 알아볼 수 있도록 잘 살 거다.)

오늘 나의 하루는 몰입을 닮는다.

오늘 나의 선택은 '열정'이다.

오늘 나는 편안하게 쉰다.

---

---

---

몰입 깊이 파고들거나 빠짐.

열정 어떤 일에 열렬한 애정을 가지고 열중하는 마음.

쉬다 피로를 풀려고 몸을 편안히 두다.

# Day 15

"모든 것을 다 알고 있다면 무슨 재미가 있을까요?

상상할 일들도 없어지겠죠?"

성찰의 질문

당신의 불안함을 해바라기가 가져갔어요.
그 해바라기를 바라보는 오늘의 태양은 당신의 멋진 미래를 상상하고 있어요.
태양은 해바라기에게 어떤 말로 위로를 건넸을 것 같나요?

오늘 완성한 곳에 스티커를 붙여 주세요.

명화 감상        고흐의 편지        낭독과 필사의 시간        성찰의 질문

# DAY_16

## 밝다, 기쁘다

202  년      월      일      요일

무엇이든 할 수 있다는 사실이요!

밤의 카페테라스
1888년 9월. 81×65.5cm
캔버스에 유채

**카**오스의 시간을 흘려보내고

**페**르마타를 선택할 수 있는 공간.

카오스 : 그리스의 우주 개별설에서, 우주가 발생하기 이전의
원시적인 상태. 혼돈이나 무질서 상태.
페르마타 : 늘임표, 쉼.

카페테라스의 커다란 가스등이 불을 밝히고 있는 푸른 밤이다.

별이 반짝이는 파란 하늘도 보인다.

밤 풍경, 밤이 주는 느낌, 밤 자체를

그 자리에서 그리는 일이 매우 흥미롭다.

이번 주에는 그림 그리고, 잠자고, 먹는 일만 했다.

한 번에 6시간씩 총 12시간의 작업을 했고,

12시간 동안 계속 잠을 잤다.

1888년 9월

From. Vincent

왼쪽 페이지에 있는 고흐의 편지에서 필사하고 싶은 단어 또는 문장을
선택해 써 보시거나, 그것을 통해 어떤 생각을 하게 되었는지 써 보세요.
(예 : 별이 반짝이는 파란 하늘도 보인다. / 별이 반짝이는 파란 하늘, 참 좋구나.)

오늘 나의 하루는 반짝반짝하다.

오늘 나의 선택은 밝다.

오늘 나는 기쁘다.

**반짝반짝하다**
  1. 작은 빛이 잇따라 잠깐 나타났다가 사라지며 빛나는 상태에 있다.
  2. 순간순간 기발한 생각을 잘 해내는 재치가 있다.

**밝다** 빛깔의 느낌이 환하고 산뜻하다.

**기쁘다** 욕구가 충족되어 마음이 흐뭇하고 흡족하다.

# Day 16

"신기하죠?

누군가를 기쁘게 해 주기 위해

무엇이든 할 수 있다는 사실이요!"

성찰의 질문

따스한 차가 담긴 찻잔을 두 손으로 감싸 볼까요?
천천히 차를 마십니다.
그리고 생각해 주세요.
오늘 나는, 누구에게 쉼표같이 기쁜 존재가 되어 주었나요?

---

---

---

---

오늘 완성한 곳에 스티커를 붙여 주세요.

명화 감상        고흐의 편지        낭독과 필사의 시간        성찰의 질문

## DAY_17

### 빛, 꿈

실망하는 것보다 더 한심한 일

**론강의 별이 빛나는 밤**
1888년 9월. 73×92cm
캔버스에 유채

명화 감상

**별**개의 문제로 삼아라.

**밤**새워 걸어 다니던 생의 아픔들 중 추억 하나 건져
빛으로 삼아보는 일, 그건 어둠의 영역이 아니다.

우리는 삶을 통째로 볼 수 있을까, 아니면

죽을 때까지 삶의 한 귀퉁이밖에 알 수 없는 것일까?

죽어서 묻힌 화가들은 자신의 작품으로 뒷세대에 말을 건다.


별이 빛나는 밤은 늘 나를 꿈꾸게 한다.

늙어서 평화롭게 죽는다는 건,

별까지 걸어간다는 것이지.


1888년 6월


From. Vincent

왼쪽 페이지에 있는 고흐의 편지에서 필사하고 싶은 단어 또는 문장을
선택해 써 보시거나, 그것을 통해 어떤 생각을 하게 되었는지 써 보세요.
(예 : 별이 빛나는 밤은 늘 나를 꿈꾸게 한다. / 이 세상 모든 것이 나를 꿈꾸게 한다.)

오늘 나의 하루는 빛이 난다.

오늘 나의 선택은 '평화'이다.

오늘 나는 꿈꾼다.

---

---

---

**빛나다**
　1. 빛이 환하게 비치다.
　2. 빛이 반사되어 반짝거리거나 윤이 나다.
　3. 영광스럽고 훌륭하여 돋보이다.

**평화** 평온하고 화목함.

**꿈** 실현하고 싶은 희망이나 이상.

# Day 17

"실망하는 것보다 더 한심한 일은

그 무엇도 기대하지 않는 것이라고 생각해요!"

오늘 내가 기대하고 꿈꾸었던 마음의 모양과 색은 어떠했나요?
이유는요?
(예 : 오늘 저의 마음은 포물선 모양에 초록색이에요.
기대와 포기를 반복하지만 언젠가는 평안함에 이를 것이기 때문이죠.)

---

---

---

---

오늘 완성한 곳에 스티커를 붙여 주세요.

| 명화 감상 | 고흐의 편지 | 낭독과 필사의 시간 | 성찰의 질문 |

# DAY_18

## 표현, 이루다

동이 틀 때 일어나서

아를의 고흐 집
1888년 9월. 72×91.5cm
캔버스에 유채

**집**중해서 튼튼히 가꾸고 싶은 제 2의 몸.

나는 두 가지 생각 중 하나에 늘 사로잡혀 있다.

물질적 어려움에 대한 생각 그리고 색에 대한 탐구다.

색채를 통해 무언가 보여줄 수 있기를 바라고 있다.

서로 보완해 주는 두 가지 색을 결합해서 연인의 사랑을 보여주는 일,

그 색의 혼합이나 대조로 신비로운 떨림을 표현하는 일,

별을 그려 희망을 표현하는 일,

석양 그림으로 한 사람의 열정을 표현하는 일,

이런 것들은 결코 눈속임이라 할 수 없다.

그렇지 않니?

존재하는 걸 표현하는 것이니까.

1888년 9월 3일

*From. Vincent*

왼쪽 페이지에 있는 고흐의 편지에서 필사하고 싶은 단어 또는 문장을
선택해 써 보시거나, 그것을 통해 어떤 생각을 하게 되었는지 써 보세요.
(예 : 별을 그려 희망을 표현하는 일 / 나는 무엇으로 희망을 표현해 볼까?)

오늘 나의 하루는 튼튼하다.

오늘 나의 선택은 '표현'이다.

오늘 나는 이룬다.

---

---

---

**튼튼하다** 무르거나 느슨하지 아니하고 몹시 야무지고 굳세다.

**표현** 생각이나 느낌 따위를 언어나 몸짓 따위의 형상으로 드러내어 나타냄.

**이루다** 뜻한 대로 되게 하다.

## Day 18

"여자로 태어나지 않았다면

갈매기로 태어나고 싶어.

동이 틀 때 일어나서

하루 종일 푸른 바다 위를 나는 갈매기가 되고 싶어."

**성찰의 질문**

이루고 싶은 게 있다는 건, 마음이 튼튼하다는 뜻인 것 같아요.
여러분은 무엇을 이루고 싶나요?
비유와 과거형으로 내 마음을 표현해 보세요.
(예 : 나는 독수리처럼 멋지게 비상하며 넓은 세계를 무대 삼아 강의하는
베스트셀러 작가가 되었다.)

오늘 완성한 곳에 스티커를 붙여 주세요.

명화 감상          고흐의 편지          낭독과 필사의 시간          성찰의 질문

# DAY_19

## 풍성함, 성숙

'노력의 기쁨'이라는 것이 무엇인지

**알리스캉의 가로수길**
1888년. 92×73.5cm
캔버스에 유채

**가**느다란 미움도 가느다란 그리움도

**을**씨년스럽지만 다시금 우리에게 풍성함을 내밀다.

을씨년스럽다 : 보기에 날씨나 분위기 따위가 몹시 스산하고
쓸쓸한 데가 있다.

To. Teo

시련 속에서도 계속 버텨낼 수 있다면

우리는 언젠가 승리할 것이다.

평범한 사람들 속에 들지 못할지라도 말이다.

아직도 싸움이 남아 있다면

조용히 성숙하기를 바랄 수밖에 없겠지.


1888년 11월



From. Vincent

왼쪽 페이지에 있는 고흐의 편지에서 필사하고 싶은 단어 또는 문장을
선택해 써 보시거나, 그것을 통해 어떤 생각을 하게 되었는지 써 보세요.
(예 : 우리는 언젠가 승리할 것이다. / 반드시 승리한다. 반드시!)

오늘 나의 하루는 풍성하다.

오늘 나의 선택은 '성숙'이다.

오늘 나는 노력한다.

**낭독과 필사의 시간**

---

---

---

**풍성하다** 넉넉하고 많다.

**성숙** 몸과 마음이 자라서 어른스럽게 됨.

**노력** 목적을 이루기 위하여 몸과 마음을 다하여 애씀.

## Day 19

"난 최선을 다해 공부했어.

그래서 '노력의 기쁨'이 무엇인지 알게 된 것 같아.

열심히 노력해서 성취하는 것 다음으로 좋은 건,

열심히 노력했지만 졌다는 사실이야."

성찰의 질문

End가 아닌 And로 나아가기 위한 과정이 행복할 수만은 없는 것 같아요.
여러분의 And에게 가을의 풍성함을 닮은 격려의 말을 해 준다면
어떤 말이 좋을까요?

오늘 완성한 곳에 스티커를 붙여 주세요.

명화 감상          고흐의 편지          낭독과 필사의 시간          성찰의 질문

# DAY_20

## 여유, 짜릿함

기분이 짜릿했던 적, 있나요?

노란 집의 침실
1888년 10월. 72.4×91.3cm
캔버스에 유채

172

**침**노하는 자의 공간, 천국을 닮다.

**실**력 있는 희망, 내일을 담다.

이번 작품은 나의 방이다.

색채가 모든 것을 지배하고 있다.

색채를 단순화하면서 방에 더 많은 스타일을 주었고,

휴식이나 수면의 인상을 전체적으로 주고 싶었다.

이 그림을 어떻게 보는가는 각 사람의 마음 상태와 상상력에 달려 있다.

문이 닫힌 이 방에서는 어떤 일도 일어나지 않는다.

가구를 그린 선이 완강한 것은 침해받지 않는 휴식을 표현하기 위해서다.

언젠가는 테오 너를 위해서도 다른 방을 스케치할 생각이다.

1888년 10월 16일

From. Vincent

왼쪽 페이지에 있는 고흐의 편지에서 필사하고 싶은 단어 또는 문장을
선택해 써 보시거나, 그것을 통해 어떤 생각을 하게 되었는지 써 보세요.
(예 : 이 그림을 어떻게 보는가는 각 사람의 마음 상태와 상상력에 달려 있다. /
오늘 내 마음 상태와 상상력은 어떠한가?)

오늘 나의 하루는 여유롭다.

오늘 나의 선택은 '편안'이다.

오늘 나는 심호흡한다.

---

---

---

**여유** 느긋하고 차분하게 생각하거나 행동하는 마음의 상태.

**편안** 편하고 걱정 없이 좋음.

**심호흡** 의식적으로 허파 속에 공기가 많이 드나들도록 숨 쉬는 방법.

# Day 20

"저 연못을 '반짝이는 호수'라고 할래요.

딱 맞는 이름이 떠오르면 기분이 짜릿해요.

기분이 짜릿했던 적, 있나요?"

**성찰의 질문**

나의 내일에게, 짜릿한 희망을 닮은 이름을 지어 주세요.
그렇게 이름을 지은 이유는요?

---

---

---

---

오늘 완성한 곳에 스티커를 붙여 주세요.

명화 감상          고흐의 편지          낭독과 필사의 시간          성찰의 질문

# DAY_21

## 마음, 가꾸다

그렇게 생각하면 마음이 놓인답니다

아를 요양원 정원
1889년 4월. 73×92cm
캔버스에 유채

180

**정**신이 지쳐 있을 때

**원**근법으로 가꾸어 보는 마음의 뜰.

## To. Vincent

형이 아픈 이유는

물질적 생활을 너무 무시해 왔기 때문이라는 생각이 들어.

생레미 요양원에서는 식사시간을 규칙적으로 지킬 테고,

그런 규칙이 형에게 도움이 되겠지.

형이 알아야 할 것은,

형 자신을 불쌍히 여기지 않아도 된다는 사실이야.

형의 작품들을 생각해 봐.

그런 그림을 그릴 수만 있다면

더 바랄 게 없다고 말하는 사람들이 얼마나 많은지 알아?

더 이상 뭘 바라는 거야?

훌륭한 그림을 창조하는 것이 형의 강렬한 소망 아니었어?

이미 그런 그림들을 그린 형이 도대체 왜 절망하는 거야?

의지만 있다면

빠른 시일 안에 다시 그림을 시작할 수 있을 거라고 확신해.

형의 불행은 반드시 끝날 거야.


1889년 5월 2일

From. Teo

**테오의 편지**

왼쪽 페이지에 있는 테오의 편지에서 필사하고 싶은 단어 또는 문장을
선택해 써 보시거나, 그것을 통해 어떤 생각을 하게 되었는지 써 보세요.
(예 : 형 자신을 불쌍히 여기지 않아도 된다는 사실이야. / 자기 연민, 자기 합리화는
이제 그만!)

오늘 나의 하루는 정원을 닮는다.

오늘 나의 선택은 '마음'이다.

오늘 나는 나를 가꾼다.

----

----

----

**닮다** 사람 또는 사물이 서로 비슷한 생김새나 성질을 지니다.

**마음**
1. 사람이 본래부터 지닌 성격이나 품성.
2. 사람이 다른 사람이나 사물에 대하여 감정이나 의지, 생각 따위를 느끼거나 일으키는 작용이나 태도.
3. 사람의 생각, 감정, 기억 따위가 생기거나 자리 잡는 공간이나 위치.

**가꾸다**
1. 식물이나 그것을 기르는 장소 따위를 손질하고 보살피다.
2. 몸을 잘 매만지거나 꾸미다.
3. 좋은 상태로 만들려고 보살피고 꾸려가다.

# Day 21

"한 사람의 실수는 분명 한계가 있을 거예요.

그렇게 생각하면 마음이 놓인답니다."

내 마음의 정원에 잡초같이 불필요하고 드센 생각이 자라나려고 해요.
하지만 그 생각도 언젠가는 한계가 올 겁니다.
잡초보다 정원에 집중할 수 있는 나만의 루틴은 무엇인가요?

오늘 완성한 곳에 스티커를 붙여 주세요.

명화 감상          테오의 편지          낭독과 필사의 시간          성찰의 질문

# DAY_22

## 회복, 좋다

202　년　　월　　일　　요일

절망의 구렁텅이에 빠져 있어야 되겠어요?

붓꽃
1889년 5월. 71×93cm
캔버스에 유채

**붓**을 든 무지개 여인 이리스는 무얼 그리고 싶어 했을까?

**꽃**의 단조로움과 엄격함을 적시어 자연의 언어로 풀어낸,
희석된 두려움이리라.

iris(붓꽃) : 그리스 신화의 무지개 여인 '이리스'에서 유래.

이곳으로 오길 잘한 것 같다.

동물원 같은 곳에 갇혀서 미친 사람들의 생활을 직접 보고 있으면,

불안과 공포가 사라진다.

정신병도 다른 질병과 같은 병에 불과하다고 생각하게 되었다.

환경을 바꾼 것도 나에게 좋은 영향을 주고 있는 듯하다.

이곳 의사들은 나에게 있었던 일이

일종의 간질성 발작이라고 보는 것 같다.

그러나 자세히 물어보지는 않았다.

그림을 담은 상자는 잘 받았는지,

그림이 상하지는 않았는지 매우 궁금하다.

요즈음, 두 점의 그림을 그리고 있다.

보라색 붓꽃 그림, 라일락 덤불 그림으로 정원에서 얻은 소재다.

그림을 그려야 한다는 생각이 다시 생겨나고 있다.

일을 할 수 있는 능력도 회복될 것이다.

1889년 5월

From. Vincent

왼쪽 페이지에 있는 고흐의 편지에서 필사하고 싶은 단어 또는 문장을
선택해 써 보시거나, 그것을 통해 어떤 생각을 하게 되었는지 써 보세요.
(예 : 일을 할 수 있는 능력도 회복될 것이다. / 나는 할 수 있다!)

오늘 나의 하루는 무지개를 닮는다.

오늘 나의 선택은 '회복'이다.

오늘 나는 참 좋다.

**무지개** 공중에 떠 있는 물방울이 햇빛을 받아 나타나는, 반원 모양의 일곱 빛깔의 줄.
빨-주-노-초-파-남-보.

**회복** 원래의 상태로 돌이키거나 원래의 상태를 되찾음.

**좋다**
1. 대상의 성질이나 내용 따위가 보통 이상의 수준이어서 만족할 만하다.
2. 성품이나 인격 따위가 원만하거나 선하다.
3. 말씨나 태도 따위가 상대의 기분을 언짢게 하지 아니할 만큼 부드럽다.

# Day 22

"오늘 아침엔 절망의 구렁텅이에 빠져 있지 않을 거예요.

그래서야 되겠어요?

아침이 있다는 건 참 좋은 일이니까요!"

꽃처럼 화려해 보이지만 곧 시들게 될
내 절망의 구렁텅이를 향해 작별인사를 해 볼까요?

오늘 완성한 곳에 스티커를 붙여 주세요.

명화 감상          고흐의 편지          낭독과 필사의 시간          성찰의 질문

# DAY_23

## 의미, 이해하다

이해되지 않는 일들이 참 많아요

양귀비가 있는 들판
1889년 6월 초.  71×91cm
캔버스에 유채

**들**쑥날쑥 인생사에 아름다움이 존재함을 마음껏 보여주는

**판**타지 공간.

광기에 사로잡힌 사람들을 가까이 지켜보면서,

광기에 대한 두려움이 사라지고 있다.

울부짖거나 헛소리를 하는 사람들도 있지만,

이들 사이에도 진정한 우정이 존재한다.

여기 사람들은 남이 우리를 받아들이게 하려면

우리 또한 남을 받아들여야 한다고 생각한다.

이 외에도 건전한 주장을 하면서 실천도 하고 있더구나.

우리는 서로를 잘 이해하고 있단다.

1889년 5월 25일

From. Vincent

왼쪽 페이지에 있는 고흐의 편지에서 필사하고 싶은 단어 또는 문장을
선택해 써 보시거나, 그것을 통해 어떤 생각을 하게 되었는지 써 보세요.
(예 : 건전한 주장을 하면서 실천도 하고 있더구나. / 내 의견이 좋은 태도가 될 수
있도록 살자.)

오늘 나의 하루는 아름답다.

오늘 나의 선택은 '이해'이다.

오늘 나는 나를 마음껏 보여준다.

---

---

---

**아름답다**
  1. 보이는 대상이나 음향, 목소리 따위가 균형과 조화를 이루어 눈과 귀에
     즐거움과 만족을 줄 만하다.
  2. 하는 일이나 마음씨 따위가 훌륭하고 갸륵한 데가 있다.

**이해하다**
  1. 깨달아 알다. 또는 잘 알아서 받아들이다.
  2. 남의 사정을 잘 헤아려 너그러이 받아들이다.
  3. 사리를 분별하여 해석하다.

**마음껏** 마음에 흡족하도록.

# Day 23

"세상엔 이해되지 않는 일들이 참 많아요."

나에게 '이해한다'는 어떤 의미인가요?

----------

----------

----------

----------

오늘 완성한 곳에 스티커를 붙여 주세요.

명화 감상          고흐의 편지          낭독과 필사의 시간          성찰의 질문

# DAY_24

## 균형, 자연

202 년    월    일    요일

장미꽃이 말을 할 수 있다면

**사이프러스 나무가 보이는 밀밭**
1889년 6월 말. 73×93.5cm
캔버스에 유채

**균**열을 허용하지 않는 푸름의 깊이는 오벨리스크를 닮아 있다.

**형**용할 수 없는 자연의 헌신에 오래 머무르며
고른 사람이 되고자 한다.

오벨리스크 : 고대 이집트의 기념비

**DAY_24 균형, 자연** 장미꽃이 말을 할 수 있다면

아무런 생각도 없다.

밀밭이나 사이프러스 나무를 가까이 가서 들여다보는 것이

가치 있다고 생각하는 것 외에는 말이야.

아주 노랗고 환한 밀밭 그림을 그렸다.

나의 그림 중 가장 밝은 작품일 것이다.

사이프러스 나무들은 항상 내 마음을 사로잡는다.

사이프러스 나무는 이집트의 오벨리스크(고대 이집트의 기념비)처럼

아름다운 선과 균형을 가지고 있다.

그리고 그 푸름에는 무엇도 따를 수 없는 깊이가 있지.

사이프러스 나무들은 푸른색 속에서 봐야만 한다.

어디서나 마찬가지지만

이곳의 자연을 그리기 위해서는

이 속에서 오래 머물러야 한다.

1889년 6월 25일

From. Vincent

왼쪽 페이지에 있는 고흐의 편지에서 필사하고 싶은 단어 또는 문장을
선택해 써 보시거나, 그것을 통해 어떤 생각을 하게 되었는지 써 보세요.
(예 : 이 속에서 오래 머물러야 한다. / 깊이와 넓이를 배우기 위해서는 시간이 필요하다.)

오늘 나의 하루는 균형 있다.

오늘 나의 선택은 올곧다.

오늘 나는 자연을 닮는다.

균형 어느 한쪽으로 기울거나 치우치지 아니하고 고른 상태.

올곧다 마음이나 정신 상태 따위가 바르고 곧다.

자연 사람의 힘이 더해지지 아니하고 세상에 스스로 존재하거나
     우주에 저절로 이루어지는 모든 존재나 상태.

# Day 24

"장미꽃이 말을 할 수 있다면 얼마나 좋을까요?

매력적이고 재미있는 말들만 할 것 같아요.

분명해요."

푸름의 평온함을 닮은 사이프러스 나무와
빨강의 열정을 닮은 장미꽃이 만나 자연을 더 매력 있게 만들어 줍니다.
사이프러스 나무와 장미꽃은 오늘 하루를 어떻게 보냈는지 대화를 나눕니다.
서로 무어라 말할 것 같나요?

사이프러스 :

_____

_____

장미꽃 :

_____

_____

오늘 완성한 곳에 스티커를 붙여 주세요.

명화 감상          고흐의 편지          낭독과 필사의 시간          성찰의 질문

# DAY_25

## 수확, 웅장함

202 년 | 월 | 일 | 요일

울림 같은 게 있어요

해 뜰 무렵 밀밭에서 수확하는 사람
1889년 9월. 73×92cm
캔버스에 유채

**수**도꼭지를 틀면 쏟아지는 물의 풍성함처럼,
밀밭의 밀들은 인류다.

**확**증된 죽음 앞에서도 미소를 거두어들일 수 있는
우리는 인류다.

아프기 며칠 전에 시작한 그림「수확하는 사람」을 완성하느라

온 힘을 다하고 있다.

전체적으로 노란색을 띠는 이 그림은 두껍게 칠했다.

소재는 아름답고 단순해.

뙤약볕에서 온 힘을 다해 수확하고 있는 흐릿한 인물에서

죽음의 이미지를 발견한다.

농부가 베어 들이는 밀이 인류인지도 모른다는 뜻이다.

그러나 이 죽음 속에 슬픔은 없다.

드디어「수확하는 사람」이 끝났다.

내가 표현하고 싶었던 것은

'이제 막 미소를 지으려는 순간'이다.

다시 희망을 갖게 되었다. 그 희망이 무엇이냐고?

네가 가정 안에서 사랑하는 사람을 위해 헌신할 뿐만 아니라

네 영혼이 가정 안에서 위로받을 수 있기를 바란다.

부탁한다.

일에 찌들지 말고 너 자신을 돌보기 바란다.

1889년 9월 5일~6일

From. Vincent

## 고흐의 편지

왼쪽 페이지에 있는 고흐의 편지에서 필사하고 싶은 단어 또는 문장을
선택해 써 보시거나, 그것을 통해 어떤 생각을 하게 되었는지 써 보세요.
(예 : 너 자신을 돌보기 바란다. / 나를 돌볼 수 있는 방법, 무엇일까?)

오늘 나의 하루는 풍성하다.

오늘 나의 선택은 '수확'이다.

오늘 나는 나를 돌본다.

**풍성** 넉넉하고 많음. 또는 그런 느낌.

**수확** 어떤 일을 하여 얻은 성과를 비유적으로 이르는 말.

**돌보다** 관심을 가지고 보살피다.

# Day 25

"'무한하시고 영원하시며 변치 않는다.'

이 말들엔 울림 같은 게 있어요.

커다란 오르간을 연주하는 것 같아요.

시처럼 들리기도 해요."

오늘 내가 수확한 것은 무엇인가요?
(내면 : 감사, 깨달음 등 / 외부 : 고객 한 명 만나기, 책 한 권 구입 등)
마음에서 어떤 말이 울리고 있나요?

오늘 완성한 곳에 스티커를 붙여 주세요.

명화 감상          고흐의 편지          낭독과 필사의 시간          성찰의 질문

# DAY_26

## 탄생, 미소

눈물이 나요

꽃 피는 아몬드 나무
1890년 2월. 73.5×92cm
캔버스에 유채

**탄**복이 어울리는 너의 존재를

**생**그레 피는 꽃들에 전한다.

생그레 : 눈과 입을 살며시 움직이며 소리 없이 부드럽게 웃는 모양.

## Dear mother

며칠 전부터 어머니께 답장을 쓰려 했는데 하루 종일 그림을 그리느라
편지 쓸 틈을 내지 못했습니다.

어머니께서도 저처럼 테오와 제수씨 생각을 많이 하고 계실 것 같습니다.

제수씨가 무사히 분만했다는 소식을 듣고 기뻤습니다.

윌이 도와주러 가 있다니 다행입니다.

저는 사실, 태어난 조카가 아버지 이름을 따르기를 원하고 있었습니다.

요즘, 아버지 생각이 많이 납니다.

하지만 이미 제 이름을 땄다고 하네요.

그 아이를 위해 침실에 걸 수 있는 그림을 그리기 시작했습니다.

파란 하늘을 배경으로 한,

하얀 아몬드 꽃이 만발한 큰 나뭇가지 그림입니다.


1890년 2월 15일


From. Vincent

왼쪽 페이지에 있는 고흐의 편지에서 필사하고 싶은 단어 또는 문장을
선택해 써 보시거나, 그것을 통해 어떤 생각을 하게 되었는지 써 보세요.
(예 : 요즘, 아버지 생각이 많이 납니다. / 요즘, 내 마음에 머물고 있는 사람은 누굴까?
 이유는 무엇일까?)

오늘 나의 하루는 파랗다.

오늘 나의 선택은 '미소'다.

오늘 나는 다시 태어난다.

낭독과 필사의 시간

-----

-----

-----

**파랗다** 맑은 가을 하늘이나 깊은 바다, 새싹과 같이 밝고 선명하게 푸르다.

**미소** 소리 없이 빙긋이 웃음.

**탄생** 사람이 태어남.
　　　조직, 제도, 사업체 따위가 새로 생김.

# Day 26

"눈물이 나요.

이유는 모르겠어요.

지금보다 더 기쁠 수는 없을 것 같아요.

아, 기쁘다는 말로는 부족하네요."

기쁠 수 없을 만큼 기쁜 내일을 위해
내가 선택할 수 있는 소소한 방법 3가지를 써 볼까요?
(예 : 마주치는 모든 사람에게 미소로 인사하기. 커피 한 잔 사 먹기. 꽃 한 송이 사기.)

---

---

---

---

오늘 완성한 곳에 스티커를 붙여 주세요.

명화 감상          고흐의 편지          낭독과 필사의 시간          성찰의 질문

# DAY_27

## 낭만, 긍정

황홀하다는 말이 좋겠어요

사이프러스 나무가 있는 별이 반짝이는 밤
1890년 5월. 92×73cm
캔버스에 유채

**별**도리가 없던 내 마음을 하늘 속 파도가 인정해 주니
빛이 나더라.

요즈음엔 옆으로 별 하나가 보이는 사이프러스 나무 그림을 그리고 있다.

겨우 차오른 초생달이 어두운 땅에서 솟아난 듯 떠 있는 밤하늘,

군청색 하늘에 구름이 흘러가고,

그 사이로 반짝이는 별 하나가 떠 있어.

분홍색과 초록이 어우러진 부드러운 반짝임이야.

아래쪽에는 키가 큰 노란색 갈대들이 늘어선 길이 보여.

갈대 뒤로는 파란색의 나지막한 산이 있지.

오래된 시골 여관의 창으로 오렌지색 불빛이 새어나오고,

키가 굉장히 큰 사이프러스 나무가 꼿꼿이 서 있다.

길에는 하얀 말이 묶여 있는 노란색 마차가 있고,

서성거리는 나그네의 모습도 보이지.

프로방스 냄새가 많이 나는 낭만적인 풍경이야.


1890년 6월


_From. Vincent_

왼쪽 페이지에 있는 고흐의 편지에서 필사하고 싶은 단어 또는 문장을
선택해 써 보시거나, 그것을 통해 어떤 생각을 하게 되었는지 써 보세요.
(예 : 부드러운 반짝임이야. / 나는 부드러운 사람인가? 나는 반짝이고 있는가?)

오늘 나의 하루는 황홀하다.

오늘 나의 선택은 '긍정'이다.

오늘 나는 낭만적이다.

**황홀하다**
  1. 눈이 부시어 어릿어릿할 정도로 찬란하거나 화려하다.
  2. 어떤 사물에 마음이나 시선이 혹하여 달뜬 상태이다.
  3. 미묘하여 헤아려 알기 어려운 상태이다.

**긍정** 그러하다고 생각하여 옳다고 인정함.

**낭만적이다** 감미롭고 감상적인 것.

# Day 27

"예쁘다는 말, 아름답다는 말로는 부족해요.

그래요!

황홀하다는 말이 좋겠어요.

무언가를 보고 더 멋지게 상상할 수 없었던 건

그 길이 처음이었어요."

성찰의 질문

황홀한 밤길을 걸어가다
타인의 마음을 읽을 수 있는 별 하나를 발견하게 되었어요.
별이 지금 나에게 한 마디 했습니다.
무엇이라고 말했나요?

---

---

---

오늘 완성한 곳에 스티커를 붙여 주세요.

명화 감상          고흐의 편지          낭독과 필사의 시간          성찰의 질문

# DAY_28

## 푸르다, 가치

약속해 줄래?

숲을 산책하는 남녀
1890년.  100×50cm
캔버스에 유채

236

숲의 영혼인 푸름아! 영원할 것을 약속해 주렴.

_Dear mother_

제 그림은 조금씩 조화를 이루어가고 있습니다.

글 쓰는 일과 그림 그리는 일은

아이를 낳는 일과 같다는 글을 읽은 기억이 납니다.

저는 그 글을 읽고 고개를 끄덕였어요.

물론 아이를 낳는 일이 글을 쓰거나 그림 그리는 일보다

더 의미 있는 일이라고 생각합니다.

그러나 저는 제 일에 최선을 다할 생각입니다.

그림 그리는 일이 사람들에게 가장 이해받지 못하는 일 중 하나이지만,

저에게는 과거와 현재를 이어주는 유일한 고리입니다.

1890년 6월 12일

_From. Vincent_

왼쪽 페이지에 있는 고흐의 편지에서 필사하고 싶은 단어 또는 문장을
선택해 써 보시거나, 그것을 통해 어떤 생각을 하게 되었는지 써 보세요.
(예 : 저는 제 일에 최선을 다할 생각입니다. / 최선이 쌓이면 최고가 된다.)

오늘 나의 하루는 푸르다.

오늘 나의 선택은 가치 있다.

오늘 나는 약속을 지킨다.

**푸르다** 맑은 가을 하늘이나 깊은 바다, 풀의 빛깔과 같이 밝고 선명하다.

**가치**
1. 사물이 지니고 있는 쓸모.
2. 대상이 인간과의 관계에 의하여 지니게 되는 중요성.

**약속** 다른 사람과 앞으로의 일을 어떻게 할 것인가를 미리 정하여 둠.

# Day 28

"영원토록 날 잊지 않겠다고 약속해 줄래?"

성찰의 질문

숲은 우리가 아는 것보다 훨씬 더 많은 가치를 품고 숨 쉬고 있지요.
당신만의 숲이라고 할 수 있는 '마음'에 영원히 저장해 두고 싶은
추억은 무엇인가요?

오늘 완성한 곳에 스티커를 붙여 주세요.

명화 감상　　　　　고흐의 편지　　　　　낭독과 필사의 시간　　　　　성찰의 질문

**243**　**DAY_28 푸르다, 가치** 약속해 줄래?

# DAY_29

## 생기, 황금률

생각대로 되지 않는다는 건,

참 멋져요

황혼의 풍경
1890년. 101×50cm
캔버스에 유채

황금률에

혼을 불어넣는 시간.

황금률 : 뜻이 심오하여 인생에 유익한 잠언을 이르는 말.

생기 있으면서도 고요한 배경에 인물을 그려 넣고 싶네.

같은 색이지만 진하기와 묽기가 다른 다양한 초록색이

하나의 초록색을 형성하는 그림,

시원하고 가볍게 부는 바람에

이삭이 부대끼며 내는 소리를 연상시키는 그림 말일세.

그런 색을 만드는 것이 쉽지 않을 테지만 말이야.


1890년 6월


From. Vincent

왼쪽 페이지에 있는 고흐의 편지에서 필사하고 싶은 단어 또는 문장을
선택해 써 보시거나, 그것을 통해 어떤 생각을 하게 되었는지 써 보세요.
(예 : 쉽지 않을 테지만 말이야. / 쉬운 것은 내 것이 아니다.)

오늘 나의 하루는 예쁜 풍경 같다.

오늘 나의 선택은 생기 있다.

오늘 나는 황금률을 발견한다.

풍경
1. 산이나 들, 강, 바다 따위의 자연이나 지역의 모습.
2. 어떤 정경이나 상황.

생기
1. 싱싱하고 힘찬 기운.
2. 좋은 날의 운수.

발견 미처 찾아내지 못하였거나 아직 알려지지 아니한 사물이나 현상, 사실 따위를
찾아냄.

## Day 29

"엘리자는 말했어요.

생각대로 되지 않는 게 세상이라고.

그렇지만 생각대로 되지 않는다는 건,

참 멋져요."

성찰의 질문

생각대로 일이 풀리지 않을 때 되뇌는 황금률이 있나요?
당신 인생의 황금률 한 문장을 써 보세요.

오늘 완성한 곳에 스티커를 붙여 주세요.

명화 감상              고흐의 편지              낭독과 필사의 시간              성찰의 질문

# DAY_30

## 만남, 눈물

202  년     월     일     요일

만남은 작별의 시작이라지만

까마귀가 나는 밀밭
1890년 7월. 50.5×103cm
캔버스에 유채

**날**카로운 마음이 하늘을 닮을 수 있도록

**다**시 제 몫을 할 수 있도록 훨훨!

To. Teo

그래,

우리 화가들은

자신이 그린 그림을 통해서만 말할 수 있는 것 같다.

그래,

내 그림들을 위해 난 생명을 걸었다.


1890년 7월


From. Vincent

왼쪽 페이지에 있는 고흐의 편지에서 필사하고 싶은 단어 또는 문장을
선택해 써 보시거나, 그것을 통해 어떤 생각을 하게 되었는지 써 보세요.
(예 : 내 그림들을 위해 난 생명을 걸었다. / 생명을 걸 만큼 나에게 소중한 것은
무엇일까?)

오늘 나의 하루는 하늘을 닮는다.

오늘 나의 선택은 '도약'이다.

오늘 나는 눈물을 사랑한다.

**하늘** 지평선이나 수평선 위로 보이는 무한대의 넓은 공간.

**도약**
  1. 몸을 위로 솟구치는 일.
  2. 더 높은 단계로 발전하는 것을 비유적으로 이르는 말.

**눈물** 눈물샘에서 나오는 분비물. 늘 조금씩 나와서 눈을 축이거나 이물질을 씻어
  내는데, 자극이나 감동을 받으면 더 많이 나온다.

# Day 30

"하나의 목표를 이루면

새로운 목표가 더 높은 곳에서 반짝이고 있어.

살아간다는 것,

그래서 재미있는 일이라고 생각해."

내 눈물에 명확한 정의를 내리지 못한 채
삶의 반대편을 생각하게 될 때도 있지요.
다시금 나를 날게 해 주었던 사람, 말, 깨달음, 상황이 있다면요?
여러분의 날개를 믿으세요!

오늘 완성한 곳에 스티커를 붙여 주세요.

명화 감상      고흐의 편지      낭독과 필사의 시간      성찰의 질문

<고흐와 빨강머리 앤> 책이 귀하고 예쁘게 탄생될 수 있도록
반짝이는 아이디어와 축복의 메시지 보내주신 우리 작가님들,

감사합니다! 사랑합니다!

빛의 화가, 고흐 화가님.

밤하늘을 볼 때 화가님은 무슨 마음이었을까요?

어떤 마음이면 별빛을 이렇게 표현할 수 있는 걸까요?

그 마음을 닮고 싶어 오늘 화가님의 그림 앞에 서있습니다.

나의 사랑스런 앤!

네가 들려주는 위로의 말들은 나를 버티게 해주는 선물 같은 말이었단다.

네 덕분에 여렸던 나의 마음을 단단하게 할 수 있었어. 이젠 내가 네 편이

되어줄게.

경수경.
가치마음연구소 소장. 배움을 나누어 나와 타인을 빛나게 하는 배나빛 코치

고흐, 추상적인 희로애락의 감정을 인생이라는 도화지에 구체화시켜주신

덕분에 함께 누립니다. 감사합니다.

앤, 감정을 솔직하게 표현하면 인생이 얼마나 담백해지는지 알게 해 줘서

고마워요.

권세연.
〈엄마인 당신에게 코치가 필요한 순간〉 저자. 라이프코치

무엇이든 할 수 있다는 것을 알게 해 준 고흐 화가님!
하루라는 시간 속에서 '도약'을 기대하며 미소 지을 수 있는 이유는, 나를
사랑하기 때문인 것 같아요. 모든 선택에 만족할 순 없지만, 우리는 존재
만으로도 가치가 있기에 기쁩니다. 고흐 화가님도 그러하고요.

우리에게 기쁨을 주는 위풍 당당, 빨강머리 앤!
나의 모든 생각과 감정이 소중하다는 것을 알게 해 주어 고마워.
너를 이렇게 다시 만나게 되어 기쁘단다.
지금처럼 우리와 늘 함께해 주겠니?

김경아.
유치원 원장, 그림책 감정코칭 코치

고흐 님, 예술과는 담 쌓고 사는 저에게 그림 감상이라는 귀한 선물 주셔서
감사해요.
앤, 언제나 긍정적인 널 보면 닮고 싶은 생각이 들어. 배움을 주어 고마워.

김민주.
〈싱글맘도 엄마입니다〉 저자

작품을 향한 진정한 사랑이 느껴지는 고흐 작가님, 덕분에 내 인생에서 내가 순수한 마음으로 사랑하는 일은 무엇일지 생각해보게 되었습니다.

빨강머리 앤! 솔직한 너의 생각들을 읽으며 사이다 같이 속이 시원했고, 위로를 받았고, 같이 발랄해질 수 있었어. 너와의 대화가 내 안에 오랫동안 새겨지길 바란단다.

김수지.
비즈니스 코치


고흐 화가님,

저는 마음을 담아 선하고 아름다운 글씨를 쓰는 사람이에요.

그림에 마음을 담아낸 화가님의 작품들을 보며 작가님을 이해할 수 있는 좋은 기회가 될 것 같아요.

분명, 저의 마음과 통하는 부분이 있을 거예요. 기대하며 만나러 갑니다.

앤, 안녕!

너의 말들은 곱씹어 보게 하는 힘이 있어.

자기성찰을 잘하는 너와 대화하고 싶구나.

이 책과 함께, 일대일로 진하게 만나 볼게!

마음선아.
캘리하는 라이프코치. 〈이유 있는 공간〉 주인장

앤,

좋은 게 다 좋은 게 아니야. 스스로가 좋다고 생각하는 거, 그게 맞아.

난, 너와 대화할 수 있어 좋다.

고흐,

고생 많으셨어요. 당신의 열정, 고뇌, 순수함에 박수 보냅니다.

박건희.

진로라이프코치

고흐 화가님! 절대긍정의 빨강머리 앤!

제가 좋아하는 두 분을 한 공간에서 만나게 되어 무척 기뻤답니다.

화가님의 따뜻한 아침 햇살에 천진난만하게 뛰어노는 앤과 저를 상상하며

행복합니다.

서혜주.

〈행복 합의〉 저자

집착이든 의지든 뭐가 중요하겠어요? 자신의 작품에서 부끄러움을 이야기할 수 있는 고흐 당신은 최고의 화가입니다!

앤, 당신의 초긍정이 저는 늘 부럽습니다. 이 책과 함께라면 따라해 볼 수 있겠죠?

손경민.
하브루타, 인성교육 강사


고흐,

당신을 통해 자기 삶에 대한 애정과 정성을 배웁니다.

사랑스러운 앤,

네 안에 넘쳐흐르는 기쁨이 다른 사람에게까지 전해지는 삶, 닮고 싶어.

송지은.
기쁨작가, 국제공인 NLP 트레이너

고흐 아저씨,

안녕하세요? 몇 년 전 당신 무덤 앞에서 깊은 대화를 나누었지요?

그림과 글로 다시 만나 무척 반가워요.

제가 알고 있던 아저씨 모습 그대로네요.

앤 양에게,

하루에도 몇 번씩 앤의 노래가 울려 퍼지면 춤추며 달려가지요(휴대폰 벨소리가 빨강머리 앤 주제곡이랍니다). 태양을 닮은 앤의 에너지를 글로 남겨 주었네요. 반갑고 고마워요. 이제 이 책과 함께 더 자주 만나요.

이정숙.
줌마대학교 총장

자신의 그림을 통해 소통하고 그림에 생명을 걸었던 고흐 화가님!

생명을 걸 만한 가치를 발견하고 그것에 온 열정을 쏟은 당신의 삶,

멋집니다.

당당하면서도 사랑스러운 앤!

너로 인해 깊이 위로받고 유쾌하게 웃을 수 있었어.

너의 언어를 내 마음에 담을 수 있어서 고마워.

임미영.
헤쎄드컴퍼니 대표. 소통전문가

귀여운 천사, 빨강머리 앤에게.

난 말이야, 아주 오래 전부터 자유로운 영혼을 가진 네가 너무 부러웠어.

나이 육십이 넘은 지금의 나에게도 설렘으로 다가 온 너를 꼭 껴안아주고,

주근깨 가득한 너의 볼에 뽀뽀해 주고 싶어!


순정남, 고흐 아저씨에게.

빨강머리 앤의 키다리 아저씨가 되어 주신 고흐 아저씨!

그림과 편지 속에서 만난 당신을 앤이 흠뻑 사랑할 것 같아요.

아저씨의 그림을 좋아하는 우리처럼요.

전숙향.
장애공감도예코치. 미술학 석사


고흐, 당신의 심정이 담긴 편지와 그림에 제 마음을 담아 보았습니다.

당신의 작품에 얼마나 진심이었는지 알게 되었어요.

그 진심, 저도 배우고 싶습니다.

앤, 너의 머리색깔이 왜 빨강인지 이 책을 보며 생각했단다.

네가 보여주는 사랑과 삶을 향한 열정 때문인가 봐. 멋지구나!

전은숙.
청소년 통합교육 강사, 더성장교육연구소 소장

고흐, 신은 당신을 만드실 때 행복하셨음을 기억하길 바라요.

드넓은 들판을 거침없이 달리는 환한 미소의 앤아!

희망을 나눠 줘서 고마워.

사랑한다, 앤.

최서영.
3대의 삶의 평안을 돕는 3D 보험 팀장

고흐 화가님,

당신의 그림과 글을 책을 통해 만나니 더 친근하게 느껴지네요.

삶의 고뇌들, 저도 공감해요.

당찬 빨강머리 앤,

너의 마음을 자유롭게 표현하는 용기에 박수를 보내고 싶어.

그리고 내 인생에 말 걸어주어 고마워.

황선희.
슈퍼직업상담사

사랑을 하지 않으면
우리 인생에서
너무나 많은 걸 놓치게 된답니다.
여러분,
많이 사랑하세요.
그리고 풍요롭게 사세요.

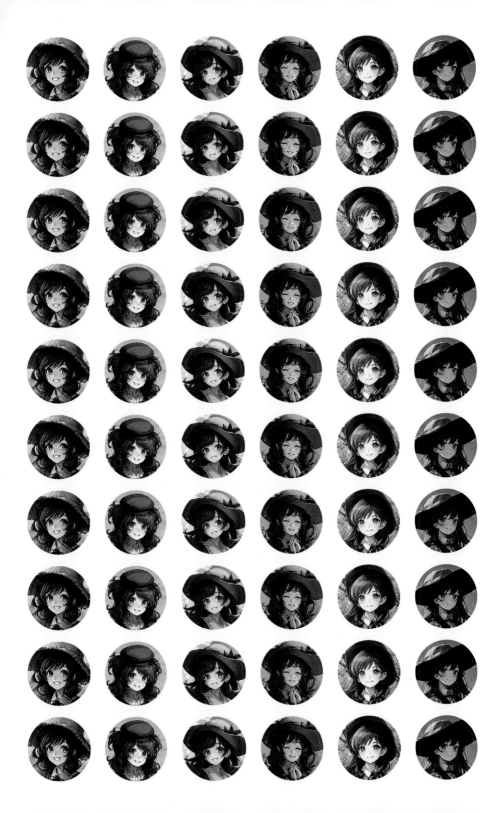

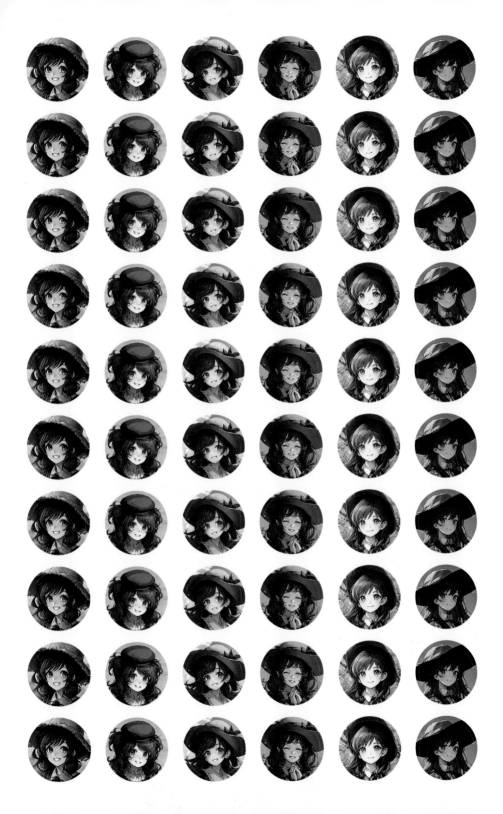